José Moselli

Le Messager de la planète

Texte et illustration de couverture : © domaine public
Edition : Culturea (Hérault, 34)
Contact : infos@culturea.fr
Retrouvez notre catalogue sur http://culturea.fr
Imprimé en Allemagne par Books on Demand
Design typographique : Derek Murphy
Layout : Reedsy (https://reedsy.com/)

Dépôt légal : janvier 2023
Tous droits réservés pour tous pays

ISBN : 9791041919192

Table des matières

Emmitouflés d'épaisses fourrures, depuis la plante des pieds jusqu'au sommet du crâne, Ottar Wallens, le géologue, et Olaf Densmold, l'astronome, avançaient lentement sur le champ de glace.

Devant eux, à une cinquantaine de mètres, le traîneau conduit par Kobyak, un Indien de l'Alaska, glissait sur la plaine blanche.

Et puis, c'était le néant : neige gelée, blocs de glace, ciel gris, sans reflet.

Pas un souffle d'air, mais une température de 28 degrés au-dessous de zéro.

Les trois hommes – le géologue, l'astronome et l'Indien – avaient quitté, onze jours auparavant, leur navire, le trois-mâts *Sirius*, qui les avait emmenés depuis Bergen jusqu'à la Terre de Wilkes.

Le *Sirius* s'était avancé jusqu'au 70e parallèle et avait dû s'arrêter devant la banquise.

L'expédition n'avait pas strictement pour but d'atteindre le pôle Sud, mais de s'en rapprocher le plus possible et de compléter les observations faites par Amundsen et Shackleton, au point de vue météorologique, astronomique et géologique.

Comme le *Sirius* ne pouvait aller plus avant, les deux chefs de l'expédition avaient décidé de s'enfoncer à travers la banquise.

En plus de nombreux instruments scientifiques, comprenant un petit appareil de télégraphie sans fil, ils emportaient pour six semaines de vivres de toutes sortes, un matériel de campement léger et perfectionné, des armes, le tout bien arrimé sur un traîneau tiré par douze chiens de l'Alaska que dirigeait Kobyak, un gigantesque Peau-Rouge engagé à Nome, dans l'Alaska occidental.

Ottar Wallens – le géologue – était âgé de quarante-deux ans. C'était un fort gaillard légèrement voûté, au visage rond, au nez court supportant une paire de lunettes à monture d'écaille. Il était brusque et s'emportait facilement. Membre de l'Académie royale de Christiania et de nombreuses sociétés savantes, il avait composé plusieurs ouvrages sur la constitution des continents arctiques, qui faisaient autorité.

Son compagnon, Olaf Densmold, venait d'avoir cinquante et un ans. Il était maigre et osseux, avec un visage en proue de navire muni de petits yeux ronds, noirs et perçants. De caractère taciturne, il restait muet pendant des journées entières. Ses travaux sur les satellites de Jupiter, notamment, avaient eu un énorme retentissement. On le citait comme un des premiers mathématiciens vivants.

Au cours de la longue traversée accomplie sur le *Sirius*, entre Bergen et la Terre de Wilkes – près de deux mois – les savants, qui se connaissaient déjà, avaient achevé de sympathiser, ou plutôt, de s'habituer l'un à l'autre. Tous deux, d'ailleurs, étaient également intéressés au succès de l'expédition qui portait leurs noms…

Et maintenant, côte à côte, ils avançaient sur la morne banquise.

Ils parlaient peu. Depuis leur départ, ils avaient eu le temps de tout se dire, leur passé, leurs projets, leurs ambitions, leurs déceptions. Et aucun incident n'était survenu.

On était à la fin de septembre – au printemps antarctique. Pendant quelques heures, chaque jour, un pâle soleil apparaissait.

Olaf Densmold notait quelques observations astronomiques sans grand intérêt, puis l'on repartait. Marches, campement, repas, repos, la vie était toujours la même.

Kobyak était aussi taciturne que Densmold ; s'il parlait, c'était à ses chiens, pour les encourager ou les menacer. Le claquement de la lanière de son fouet constituait, d'ailleurs, son principal discours...

Le traîneau avait déjà laissé derrière lui la région atteinte par les précédents explorateurs.

Il avançait maintenant dans l'inconnu. Un inconnu aussi monotone que morne. Aucune plante. Pas d'arbres. Rien. La glace. Par endroits, c'était une plaine unie ; plus loin, des blocs gigantesques, aux formes tourmentées, extraordinaires : des cubes parfaits, de véritables vagues figées, des dunes, des pyramides, et le tout coupé de précipices, de failles aux cassures nettes, comme taillées par une machine. Certains de ces précipices étaient larges de plusieurs mètres : il fallait les contourner. Leur profondeur variait de dix à cent mètres, et plus. Il en montait parfois de sourds gargouillements, décelant le travail de la fonte des eaux. Ailleurs, la glace cédait sous le poids des explorateurs, qui devaient apporter toute leur attention à bien suivre les traces du traîneau. Car l'instinct des chiens ne les trompait pas.

…Ce jour-là, il y avait déjà quatre heures qu'ils avançaient et l'étape apparaissait comme devant être satisfaisante, peu fatigante. Le calme de l'air rendait le froid très supportable. Et la surface de la glace était suffisamment lisse.

Cependant, depuis quelques instants, Kobyak, qui, d'habitude, marchait la tête basse, relevait le front vers le ciel pâle, tournait le visage à droite et à gauche, comme quelqu'un qui flaire le vent.

– Il a l'air drôle, le guide ? maugréa soudain Ottar Wallens, à l'adresse de son compagnon.

Densmold, en guise de réponse, eut un haussement d'épaules fataliste, comme pour indiquer que la contenance de Kobyak lui importait peu.

– Le baromètre est haut, pourtant ! reprit Wallens. Je ne pense pas qu'une tempête nous menace !

Nouveau haussement d'épaules de Densmold.

À ce moment précis, Kobyak fit entendre une sorte de sifflement qui arrêta net les chiens. Et l'Indien, se retournant, attendit que les deux savants le rejoignissent. Ce qu'ils firent.

– Eh bien ? demanda Wallens, bref.

– *Camper ! Abri. Grand ouragan, grand ouragan venir !* fit Kobyak. *Pas bon !*

Sans mot dire, les deux Norvégiens s'approchèrent du traîneau et consultèrent le baromètre qui y était fixé.

Il marquait beau fixe. Mais l'alcool, dans son tube de verre, baissait avec une rapidité terrifiante.

Vraiment, il fallait camper.

Les trois hommes s'y employèrent.

En quelques instants, les chiens furent dételés et entravés, le traîneau placé dans un creux du sol. Puis, à l'aide de leurs couteaux, les explorateurs taillèrent des blocs de glace avec lesquels ils confectionnèrent une sorte de hutte conique devant leur servir d'abri.

Le ciel, cependant, s'était légèrement assombri. Les chiens, qui venaient d'achever leur ration de saumon fumé, distribuée par Kobyak, faisaient entendre de sourds grondements.

Dans la hutte, le réchaud à alcool avait été allumé. Une bouilloire, suspendue au-dessus, chantait doucement…

L'ouragan, soudain, se déchaîna avec une violence inouïe. En quelques secondes, des tourbillons de neige épaisse s'abattirent du ciel devenu noir, cependant que les hurlements sinistres des chiens se mêlaient aux sifflements de la bourrasque.

La hutte, bien construite, ne bougeait pas.

Une longue heure passa. Les trois hommes, leur repas terminé, avaient allumé leurs pipes et fumaient en silence.

Kobyak se leva soudain. En réponse à l'interrogation muette de Wallens, il désigna le trou, creusé au ras du sol, qui avait permis aux explorateurs de pénétrer dans la hutte de glace : la neige l'avait complètement obstrué.

Il fallait dégager l'ouverture, sinon, c'était l'asphyxie à brève échéance. L'Indien, avant les savants, l'avait compris !

Armé de son couteau à neige, il se fraya lentement un chemin à travers la paroi glacée. En quelques minutes, il eut creusé une sorte de tunnel dans lequel il disparut.

Enveloppés dans leurs épais sacs de couchage, Ottar Wallens et Olaf Densmold, étendus côte à côte, n'avaient pas échangé un mot. Ils ne pouvaient rien, sinon attendre.

Le formidable grondement de la tempête parvenait à leurs oreilles, non plus assourdi, mais distinct, tout proche.

Parmi les sifflements des rafales, d'épouvantables détonations retentissaient, couvrant l'aboi des misérables chiens qui hurlaient à la mort.

— Kobyak a dû complètement dégager l'ouverture ! fit Wallens.

Le tumulte de l'ouragan couvrit sa voix.

Un souffle glacé, pénétrant par le trou dans lequel avait disparu l'Indien, fit vaciller la flamme du réchaud.

Un frémissement bref, mais très net, ébranla la hutte. Et les détonations cessèrent de se faire entendre.

Les chiens aboyèrent plus fort.

Quelques minutes s'écoulèrent. Kobyak ne reparaissait pas.

Les deux savants étaient toujours muets. Ils pensaient que l'Indien devait travailler à dégager l'entrée de la hutte sur un large périmètre, pour ne pas être obligé de recommencer.

Mais une heure passa, deux... Ottar Wallens vit que Densmold s'était endormi. Il ronflait.

Le géologue consulta sa montre et vit qu'elle était arrêtée.

Il se sentit la gorge serrée par une angoisse étrange, si violente qu'il se tourna vers son compagnon et le réveilla d'une secousse.

– Eh bien ? demanda Densmold, en se redressant, sourcils froncés.

– Voilà plus de trois heures que Kobyak est sorti, et il n'a pas reparu !

– Trois heures ?

– Au moins ! Ma montre est arrêtée !

Instinctivement, Densmold tira la sienne :

– La mienne aussi ! constata-t-il, étonné. À deux heures onze...

– À deux heures onze, *la mienne aussi !* fit Wallens, qui, le plus vite qu'il put, se coula hors de son sac de fourrure.

Le réchaud, presque vide, ne donnait plus qu'une flamme sans chaleur.

Ottar Wallens frissonna et but quelques gorgées du thé brûlant contenu dans la marmite suspendue au-dessus du réchaud.

Puis, ayant pris une torche électrique posée sur une caissette, il l'approcha du baromètre.

Il eut un sursaut d'effarement : *la colonne d'alcool bouillonnait dans le tube de verre, s'abaissant, se relevant, marquant huit cents millimètres, sept cent cinquante, sept cents dans la même minute !*

– Venez voir, Densmold ! cria Wallens, avec un son de voix tel que l'astronome, une seconde, le crut fou.

Lorsqu'il vit, lui aussi, l'étrange agitation de l'alcool, la stupeur le figea.

– Phénomène... tellurique... aurore boréale. Étonnant ! murmura-t-il.

– Il faudrait savoir ce que devient Kobyak ! observa Wallens.

L'astronome ne répondit pas, plongé qu'il était dans de profondes réflexions.

Wallens, sans insister, se coula dans la galerie creusée par l'Indien à travers la muraille de glace.

Rampant sur les mains et sur les genoux, il franchit un coude brusque, sur sa gauche, et déboucha, deux mètres plus loin, sous d'épaisses colonnes de neige fine et serrée que les rafales faisaient tournoyer diaboliquement.

Les ténèbres étaient complètes ; mais, vers le sud-est – direction approximative ! – Ottar Wallens crut distinguer une lueur diffuse, de teinte verdâtre, qui semblait sortir du sol.

Était-ce une illusion ? un mirage ? un phénomène nouveau de réfraction ? Le géologue, tête courbée sous la violence du vent, se le demanda.

La pensée de Kobyak l'arracha à ses suppositions. De toute sa voix, il appela l'Indien. Il ne vit rien bouger, n'entendit rien.

Les chiens n'aboyaient plus.

Un seul bruit persistait : le sifflement formidable des rafales...

– Kobyak ! Kobyak !

Rien.

L'inquiétude d'Ottar Wallens devenait peu à peu de l'anxiété, une anxiété voisine de la terreur, d'autant plus qu'il se sentait pris d'une sorte de malaise bizarre. Il lui semblait qu'une vibration puissante agitait le sol sous ses pieds et l'air qu'il respirait.

Il se raidit. Il appela encore.

Sans plus de succès.

Dans les ténèbres, il se dirigea vers le traîneau qui, à quelques pas de la hutte, formait sur le sol plat une énorme bosse blanche.

Il l'atteignit bientôt.

En passant devant les chiens, il entendit quelques faibles aboiements, qui le rassurèrent un peu.

Arrêté devant le traîneau, il renouvela ses appels. Ils furent aussi vains que les autres.

Les vibrations qu'il ressentait se faisaient de plus en plus intenses. Il lui semblait, à présent, qu'un véritable tremblement agitait son corps, le sol, la neige.

« Je suis fou ! » pensa-t-il.

Ayant fermé ses yeux, il les rouvrit et ne vit rien d'anormal, sauf, cependant, cette lueur verdâtre qui, vers le sud-est, semblait émaner du sol même.

– Kobyak ! Kobyak ! appela-t-il encore.

Les rafales lui répondirent seules.

Les chiens s'étaient tus.

Ottar Wallens, soudain, eut peur, une peur terrible, une peur panique, la peur de devenir fou dans ces ténèbres voilées de neige.

Il lui sembla que d'épouvantables périls le guettaient. Il appela à lui tout son sang-froid et, lentement, revint vers la hutte.

Non sans peine, il en retrouva l'ouverture, que la neige avait déjà commencé d'obstruer. Il la dégagea et, se coulant dans le conduit, se fraya un passage jusqu'à l'intérieur de la cabane.

Assis sur une caisse, les coudes sur les genoux, Olaf Densmold regardait un objet qu'il tenait à la main :

— Kobyak n'est pas revenu ? demanda assez stupidement le
géologue, bien qu'il vît parfaitement que son collègue était seul
dans la hutte.

— Non ! fit brièvement Densmold en relevant la tête. *Mais
ma boussole est affolée... Complètement. L'aiguille ne marque
plus aucune direction... Elle pointe vers le sol, comme si nous
étions au-dessus du pôle magnétique...*

— Oui...oui...murmura Wallens, préoccupé.

— Quoi ? Vous voulez dire quelque chose ?

— Heu...non !...Mais j'ai perçu, tout à l'heure, certaines vibrations... et j'ai vu... une chose verte... une lueur verte, toute
proche...

— Ah !

— Oui...Non loin du traîneau ! précisa Wallens.

— Et Kobyak ? demanda Densmold, après un instant de silence.

— Pas trace. Je l'ai appelé plusieurs fois... Je suis allé jusqu'au traîneau...J'ai passé devant les chiens...Il n'est pas là !

— Tombé dans la neige, sans doute, et recouvert ! grommela Densmold. Cette boussole m'inquiète... après le baromètre...
qui bouillonne de plus en plus ! Étrange !

— Et nos montres arrêtées !... Vous n'avez pas senti cette
vibration ? J'étais comme ivre, tout à l'heure !

– Peut-être...je ne saurais dire...murmura l'astronome.

Le vent devait avoir perdu de sa force, car ses mugissements s'entendaient à peine.

Ottar Wallens s'assit devant le réchaud :

– Le mieux est d'attendre le jour ! conclut-il. Il ne va pas tarder !

Densmold resta muet. Il continuait à observer la grosse boussole qu'il tenait à la main.

– Je me demande ce que cela veut dire ! murmura-t-il enfin. On dirait que la boussole se déplace alternativement de chaque côté de l'équateur magnétique...Regardez, Wallens !

» L'aiguille !... Elle pique tantôt vers l'est, tantôt vers l'ouest !...Curieux !

– Curieux ! répéta le géologue. Mais... Kobyak ? Croyez-vous qu'il soit mort ?

Sans répondre, Olaf Densmold eut un bref haussement d'épaules.

Ottar Wallens frissonna :

– Il fait froid ! murmura-t-il. Si Kobyak est mort, nous allons être plutôt embarrassés...pour le traîneau...et les chiens à soigner !

– La boussole m'embarrasse davantage ! Comment nous diriger ?...

– Nous avons des boussoles de rechange…

– Qui doivent être affolées comme celle-là !…

– Les étoiles…

– Oui, nous diriger sur elles ; mais, en cas de brume ?…Enfin, le phénomène n'est peut-être que passager ? Il sera intéressant d'en connaître la cause et de le décrire !…

– Attendons le jour ! conclut Wallens. Il ne va pas tarder !

Ce disant, le géologue s'introduisit dans son sac de couchage et essaya de dormir, sans y parvenir.

Densmold, toujours assis sur la caisse, continua d'observer sa boussole.

Wallens le vit soudain se mettre à genoux, s'introduire et disparaître dans le conduit faisant communiquer l'intérieur de la hutte avec le dehors.

Il revint moins de dix minutes plus tard :

– C'est le jour ! grommela-t-il. J'ai retrouvé Kobyak !

– Vous…Où est-il ?

– Mort. Dévoré par les chiens ! J'ai tué deux de ces bêtes, pour leur faire lâcher les débris…La colère m'a emporté ! J'ai eu tort ! Venez voir. La tempête a cessé !

Effaré, et toujours en proie à une sourde inquiétude, Ottar Wallens se glissa hors de son sac, resserra ses vêtements de fourrure, et, derrière l'astronome, sortit.

Au-dehors, c'était le calme absolu. Rien ne rappelait plus le formidable ouragan de la nuit. Un jour gris jaune, lugubre, éclairait la banquise.

En quelques pas, les deux hommes furent devant les chiens.

Sur le sol, parmi la neige souillée de sang, les restes informes de Kobyak se distinguaient.

Les chiens, assis sur leur arrière-train, immobiles, oreilles pointées, yeux injectés de sang, mufles palpitants, semblaient inquiets.

Ils ne bougèrent pas en voyant s'approcher les savants.

– *La... la chose !* Vous avez vu ? demanda Wallens, en étendant le bras vers le sud-est.

Il venait de se rappeler la lueur verdâtre qu'il avait aperçue pendant la nuit. Elle avait disparu.

Olaf Densmold se retourna. Il tenait toujours sa boussole à la main :

– *La chose ?* répéta-t-il. Oui !... *Elle repousse l'aiguille aimantée !* Venez !

Les deux hommes, laissant les chiens derrière eux, contournèrent le monticule blanc formé par le traîneau recouvert de neige et, guidés par l'aiguille aimantée, avancèrent à pas rapides. Ils franchirent environ un kilomètre, sans rien découvrir.

La *chose*, quelle qu'elle fût, était plus loin qu'ils ne l'avaient cru.

Ils commençaient à douter de son existence, lorsque, ayant gravi une élévation de la surface glacée, ils distinguèrent, à quelques mètres d'eux, une cavité ayant à peu près la forme d'un entonnoir d'environ quinze mètres de diamètre et d'une profondeur double.

Ils s'en approchèrent.

En ayant atteint les bords, ils reculèrent éblouis. Au fond de la cavité, une *chose*, qui avait l'apparence d'une énorme émeraude, gisait, une émeraude polyédrique, à multiples facettes, d'environ sept mètres de diamètre. Les facettes, de forme hexagonale, paraissaient avoir un peu moins de dix centimètres de diamètre. Une lueur verdâtre, diffuse, en jaillissait.

Olaf Densmold hocha la tête et regarda son compagnon, qui le regarda.

Tous deux, au risque de glisser dans l'entonnoir de glace, s'approchèrent encore un peu. Wallens faillit dégringoler, l'astronome n'eut que le temps de le retenir. Un fragment de glace, arraché par le mocassin de Wallens, roula dans l'entonnoir et alla heurter le polyèdre d'émeraude.

Une sorte de ronflement s'entendit, monta vers les hautes notes, devint un sifflement sec qui, peu à peu, s'intensifia, modulant une série de sons tour à tour très doux et très intenses.

Le polyèdre, cependant, changeait de forme.

Les deux savants, n'en croyant pas leurs yeux, virent les facettes disparaître, les parois de la *chose* devenir lisses comme celles d'un bloc de cristal, et la *chose* elle-même eut la forme d'une sphère parfaite. Une sphère d'émeraude !

– Je suis fou ! fit Ottar Wallens, en se frottant les yeux.

– *Je suis fou !* répéta un écho, du fond de l'entonnoir.

– Taisez-vous ! grommela Densmold qui, lèvres pincées et yeux largement ouverts, regardait.

La sphère, lentement, changeait de forme !

Elle devint un cône, un cube, puis, successivement, un parallélépipède rectangle, une pyramide, un cylindre, les principales figures de la géométrie à trois dimensions.

Les sons continuaient à en jaillir. C'étaient des gammes chromatiques d'une infinie douceur, des notes brèves ou filées.

Les deux savants, immobiles comme des statues de la stupeur, regardaient, sans trouver un mot.

Et, soudain, les sons cessèrent de se faire entendre. La *chose* reprit la forme d'un polyèdre, celle qu'elle avait primitivement, et dont les facettes luirent.

– Ou nous sommes fous, ou nous avons devant nous la chose la plus merveilleuse qui ait jamais existé ! fit Ottar Wallens.

» Les hommes qui ont inventé cela et qui...

– *Ce ne sont pas des hommes !*

– Ce ne sont pas des hommes ?

– Non ! Ce... cet appareil n'a pu être transporté ici. Il doit peser plusieurs tonnes, et...

– Oh ! s'écria Wallens, vous pensez qu'il vient…d'une autre planète ?

– Je le pense !…Il est fait apparemment d'une matière qui n'existe pas sur Terre, d'un métal magnétique – ma boussole en est la preuve ! – et qui est malléable comme le mercure…C'est ce qui permet de lui faire changer de forme !…

» Il ne coule pas, étant attiré sans doute vers le centre de la *chose* par des appareils que nous ignorons ! Magnétisme ou gyroscope ?…Et la *chose* est habitée !…

» Ceux qui sont dedans ont voulu nous prouver leur science en mettant sous nos yeux les principales figures de la géométrie…

– Tout est possible, admit Ottar Wallens, qui se remettait peu à peu de sa stupeur. Quoique rien ne prouve que les habitants des autres planètes se servent de la même géométrie que nous ! Henri Poincaré a démontré que la géométrie euclidienne était la plus commode, mais qu'il pouvait en exister d'autres !

– Je sais. Mais vous n'ignorez pas que les planètes sont, comme la Terre, sphériques… qu'elles sont composées des mêmes éléments que notre globe…Pourquoi ne pas penser que les sciences, sur ces planètes, n'ont pas suivi les mêmes voies que les nôtres ?…

– Il faut descendre dans l'entonnoir et entrer en communication avec ces gens ! murmura Wallens.

» Ils doivent disposer de moyens que nous ignorons ! Ce sont eux qui, tout à l'heure, ont reproduit ma voix, quand j'ai dit que j'étais fou…Ils doivent nous entendre…

» Ah ! Densmold ! Nous avons fait une découverte qui vaut mille fois, un million de fois, celle des pôles ! Pensez que nous allons être les premiers hommes qui communiqueront avec nos frères des autres planètes et...

– *Êtes-vous sûr que ce sont des êtres comme nous, Wallens ?* coupa l'astronome en fixant son collègue.

Wallens eut un petit frisson :

– Je le crois ! dit-il.

– S'il en est ainsi, il faut tout craindre, mon cher ! L'homme est un loup pour l'homme ! S'ils allaient nous assassiner ?

– Ils sont venus en ambassadeurs et ne sont pas assez bêtes pour massacrer les premiers êtres qu'ils verront ! Et nous aurons l'honneur d'être ceux qui auront accueillis les...

– Doucement, Wallens ! Ces êtres, quels qu'ils soient, sont venus pour explorer la Terre ! *Comment sauront-ils, en nous voyant, que nous sommes des hommes, c'est-à-dire que nous sommes les êtres les plus civilisés, les seuls raisonnables de la planète ? Admettez qu'ils aient, eux, l'apparence de chiens ? Ils croiront que ce sont les chiens les rois de la Terre et que nous, nous sommes...*

– Mon cher Densmold, le mieux que nous puissions faire pour le savoir, c'est d'y aller voir ! observa Wallens. Vous faites du paradoxe !

– Allons ! conclut brièvement l'astronome.

Les flancs de l'entonnoir, tapissés d'une épaisse couche de neige, étaient, somme toute, assez faciles à descendre.

Les deux hommes, à plat ventre, se laissèrent glisser sur la surface blanche, en se retenant des coudes et des genoux. En quelques secondes, ils furent en bas, leurs pieds touchèrent la surface de la *chose*.

Ils se redressèrent et, presque aussitôt, se rendirent compte que le polyèdre dégageait une chaleur douce qui avait fait fondre la glace autour de lui et continuait à la faire fondre. Aussi la *chose* descendait-elle lentement, en se creusant dans la masse de glace ce que les marins appellent une « souille ».

Olaf Densmold, s'étant mis à genoux sur le polyèdre, retira ses gants et, de ses mains nues, tâta une des facettes. La surface en était douce et lisse comme du satin le plus fin. Une chaleur diffuse en émanait.

– Oh ! s'écria Wallens qui, debout, observait le polyèdre. Il y a quelqu'un... J'ai vu... une silhouette, comme celle d'un homme... un bipède... Ce sont des hommes... C'est un homme, Densmold ! J'avais...

Un sifflement bref s'entendit, et fut suivi de huit autres.

Instinctivement, les deux savants s'écartèrent. Ils avaient senti la *chose* vibrer sous eux.

Adossés à la glace, ils virent le polyèdre reprendre une forme sphérique.

À sa partie supérieure, une calotte, d'environ soixante-dix centimètres de diamètre, se souleva, poussée par quatre tiges rondes. La calotte s'arrêta à un peu plus d'un mètre au-dessus de la sphère.

Par l'ouverture, un *être* inimaginable apparut.

Il ressemblait assez à un homme de petite stature, mais à un homme n'ayant vraiment que la peau et les os. Une sorte de maillot, fait d'une matière grise ayant l'aspect du plomb, moulait son torse et ses membres.

De visage, point. À la place des yeux, de grosses lunettes garnies de lentilles à facettes. Nez et bouche étaient dissimulés sous un masque hérissé de poils hirsutes paraissant faits d'or rouge. Des hémisphères de métal gris, de la grosseur d'une demi-orange, recouvraient les oreilles. Le maillot enveloppait pieds et mains, qui, comme le reste du corps, paraissaient enduits d'une mince couche de plomb.

L'extraordinaire créature, avec des gestes lents, gauches, maladroits, presque grotesques, se mit debout, et, appuyée à la calotte d'émeraude, resta ainsi pendant quelques instants à considérer les deux savants qui, de leur côté, ne la quittaient pas des yeux.

Sans doute, *l'être* se rassura-t-il, car, doucement, il marcha vers eux. On eût dit que les plantes de ses pieds étaient munies de ventouses, comme des pattes de mouche, car il ne glissa pas une seule fois sur la surface unie et fuyante de la sphère.

– C'est un Martien ! fit Ottar Wallens.

– Ou un Vénusien ! observa Densmold.

Quel qu'il fût, *l'être* allait les rejoindre.

Étant arrivé entre eux, il étendit le bras, les toucha, les palpa. Ils tressaillirent : *les mains de l'étrange individu étaient véritablement brûlantes ! À leur contact, les savants ressentaient une bizarre sensation de réconfort et de légèreté.* On eût dit que ces mains produisaient un bienfaisant courant qui donnait force et vigueur !

Se retournant, *l'être* se baissa, et, sur la paroi de glace de l'entonnoir, dessina plusieurs figures géométriques, d'abord toutes simples, puis plus compliquées, des hélices, des ellipses, des courbes sinusoïdales...Il s'arrêta enfin et attendit.

Olaf Densmold, à l'aide de son couteau à glace, traça à son tour d'autres figures de géométrie transcendante.

L'être dut en comprendre fort bien le sens ; il en démontra aussitôt les rapports au moyen de nouvelles figures.

Et, content sans doute d'être ainsi entré en communication avec les deux Terriens, il leur fit signe de le suivre, gravit le flanc de son étrange appareil, et disparut à l'intérieur.

Ottar Wallens et Olaf Densmold, dont l'effarement croissait, constatèrent que la surface de la sphère *était maintenant devenue rugueuse*, ce qui leur permit de l'escalader très facilement.

L'astronome, le premier, s'introduisit dans l'ouverture. Il tomba, environ quatre mètres plus bas, sur un plancher élastique, qui amortit sa chute, et fut presque aussitôt rejoint par Wallens.

Les deux hommes virent qu'ils étaient dans un compartiment sphérique, d'environ quatre mètres, dont les parois produisaient une lueur phosphorescente, verdâtre, de même teinte que celle aperçue par Wallens la nuit précédente. Du geste, cependant, l'être bizarre indiqua à ses hôtes un globe immobile, qui flottait comme un ballon à égale distance entre le plancher et le plafond. Il était fait d'une matière noire et brillante ressemblant assez à de l'agate, et mesurait moins d'un mètre de diamètre.

L'être le toucha. Des points lumineux apparurent à sa surface, irrégulièrement disposés.

– Oh ! *mais c'est une carte du ciel... vue... vue de Mercure !* s'écria Olaf Densmold, d'une voix étranglée.

– De Mercure ?

– Oui, de la planète la plus proche du soleil, qui en fait le tour en quatre-vingt-huit jours... et où doit régner une effroyable température !... Regardez ! Voilà le Soleil... et puis, de l'autre côté, Vénus, la Terre, Mars... Merveilleux !... Des satellites que nous ignorons... Oh !

Les points lumineux avaient brusquement disparu.

La petite sphère tout entière ne fut plus soudain qu'un bloc de lumière.

Des ombres y apparurent.

Les deux savants reconnurent peu à peu les continents terrestres : les deux Amériques, l'Ancien-Continent, l'Australie...

Mais une sorte de brouillard effaça tout, et, comme s'ils se fussent trouvés devant l'oculaire d'un télescope colossal, les deux hommes virent défiler devant leurs yeux des plaines, des océans, des villes, des villes dont les maisons, les unes après les autres, apparaissaient en grandeur naturelle !...

– New York !... articula Densmold, qui avait beaucoup voyagé. Voyez-vous Long Island ? Le Singer Building ?... Ah ! voilà une île tropicale... Un archipel !... Ce sont les Bermudes, sans doute !...

L'Europe... Londres...

Tout disparut.

La sphère noire fut de nouveau éclairée intérieurement.

Densmold et son compagnon, haletants, distinguèrent une planète où tout était rouge, et que des bancs de nuées couvraient...

– Mars ! C'est Mars ! expliqua Densmold.

Était-ce Mars ? Qui aurait pu le dire ? Des villes étranges apparurent, des architectures compliquées, parmi lesquelles des êtres qui ressemblaient à des hommes munis de pinces de crabes et dont les yeux saillaient circulaient en sautillant, accompagnés d'autres créatures de cauchemar.

Et, de nouveau, la sphère redevint noire.

Non loin d'elle, une sorte de grand entonnoir de matière grisâtre, rempli d'un liquide qui ressemblait assez à de l'or en fusion, était suspendu au-dessus d'un trépied. *L'être* étrange prit le couteau que Densmold avait à la ceinture et le jeta dans l'entonnoir.

Le manche de bois disparut aussitôt, comme rongé par un acide. La lame d'acier bouillonna, perdit sa forme, devint une sorte d'éponge, changea de couleur.

L'être retira de la cuve le fragment de métal et le tendit à l'astronome :

– *Oh ! Mais... c'est de l'argent !* s'écria Densmold après l'avoir examiné.

Ottar Wallens le lui prit des mains *et constata sans nul doute possible que la lame d'acier avait été changée en minerai argentifère !*

L'extraordinaire individu, s'étant fait rendre ce fragment de minerai, le transmua successivement en plomb, en or, en platine...

– L'unité de la matière ! Ils connaissent l'unité de la matière ! murmura Densmold, presque hagard.

Mais *l'être* lui prit les mains et lui fit toucher deux boules, ressemblant assez à des diamants, fixés à la paroi.

Tout aussitôt, l'astronome sentit sa fatigue disparaître. Le sang afflua à son cerveau. Tout lui parut clair, naturel, ordonné. Il lui sembla qu'il était maintenant capable de résoudre les problèmes les plus transcendants.

Ottar Wallens, ayant touché les deux boules, ressentit à son tour la même impression de contentement physique.

...Ils n'avaient pas tout vu !

L'inconnu, au moyen d'un mécanisme invisible, fit se soulever une trappe encastrée dans le plancher. Par l'ouverture, les deux savants distinguèrent des bielles, des pistons, des rouages compliqués :

– Tout est brisé, là-dedans ! s'écria aussitôt Wallens, penché sur le trou. *C'est pour cela... qu'il a dû atterrir !*

Le géologue se releva.

Il se sentait comme rajeuni. Il avait retrouvé sa vigueur de vingt ans. Un large sourire épanouissait son visage renfrogné, et l'austère et taciturne Densmold était dans les mêmes dispositions d'esprit que lui.

L'être, de la main, montra aux savants un coffre posé sur le plancher. Il appuya légèrement sur un de ses angles, et un ronflement sourd s'entendit.

L'être, par gestes, essaya d'expliquer quelque chose, quelque chose qui devait être très important... Densmold et Wallens, leur cerveau tendu, se regardèrent : ils ne comprenaient pas, non, ils ne comprenaient pas !

L'être, sans se lasser, reprit sa démonstration, son explication.

Une musique douce, des gammes entremêlées, en tierce, retentit, des accords merveilleux comme jamais musicien terrestre n'en avait combinés !...

La boule où étaient apparues la carte du ciel, les cités terrestres et celles des planètes, s'illumina. *Des faces décharnées apparurent, des crânes à peine recouverts d'une mince pellicule parcheminée, aux bouches sans dents, aux petits yeux perçants pareils à des boules d'émeraude... Ces yeux regardaient avec curiosité et angoisse ; les traits vibraient, grimaçaient...*

C'étaient sans doute des habitants de Vénus ou de Mercure, qui, au moyen de la sphère mystérieuse, voyaient leur semblable, celui qu'ils avaient envoyé sur la Terre, et qui ne pouvaient rien pour lui !

Ottar Wallens et Olaf Densmold, le cœur serré par une anxiété, une sympathie douloureuse, virent *l'être* se retourner vers eux, et – sans doute – les fixer à travers ses étranges lunettes dont ils crurent voir les lentilles se ternir d'une légère buée.

– *Il pleure !* murmura Wallens.

La boule d'agate redevint noire.

Pendant une dizaine de secondes, les savants et leur hôte restèrent immobiles. La lueur verdâtre émanée des parois les enveloppait d'un halo livide qui leur donnait un aspect fantomatique.

L'être continuait à fixer les deux hommes.

Il sembla enfin prendre une décision et se pencha sur le coffre qui, peu de minutes auparavant, avait produit l'extraordinaire musique. Des vibrations sèches en sortirent, séparées par des silences.

Ces vibrations étaient tantôt prolongées, tantôt brèves. Chaque série différait de la précédente, autant par son intensité sonore que par la rapidité avec laquelle étaient émis les sons :

– Ces vibrations, murmura Densmold, qui écoutait, elles représentent sans doute *le rapport des choses*, de toutes choses !...

» Le monde n'est qu'un ensemble de vibrations, Wallens, vous le savez ; les plus lentes sont sonores, puis lumineuses... Son, lumière, matière ne sont que des vibrations dont l'intensité seule diffère...

» *Celles que nous entendons représentent – je le devine ! – tous les états de la matière,* solide, liquide, gazeux, sonore, lumineux, électrique... Le grand secret est devant nous, et cet homme...cet *être* le connaît ! Regardez !...

Sur la boule noire, des ombres se distinguaient.

Un éclair violet, éblouissant, apparut :

– *Vibrations lumineuses !* murmura l'astronome.

Une sorte de gong, semi-sphérique, se silhouetta : les deux savants le virent vibrer, cependant que les ondes sonores émises par le coffre retentissaient, *plus lentes...*

Il n'y avait pas à s'y tromper : *l'être* extraordinaire essayait de faire connaître aux hommes les différentes longueurs d'ondes lumineuses et sonores.

Il épiait sans doute sur leur visage l'effet de sa démonstration. *Mais comprenait-il l'expression humaine ?*

Qui le saura jamais ?

Il arrêta soudain sa fantastique expérimentation et, comme pris d'une idée nouvelle, se baissa. Par la trappe ouverte dans le plancher, il montra à ses hôtes les rouages désaxés, les bielles faussées du mécanisme mystérieux qu'ils avaient déjà vu :

– Le moteur qui a permis à cette machine d'arriver jusqu'ici est hors d'usage, murmura Wallens, en hochant la tête, et le pauvre Mercurien – si c'est un Mercurien ! – nous prend pour de misérables sauvages desquels il ne peut rien tirer !

» Notre science n'est rien en comparaison de la sienne !

» Il faudrait le ramener au *Sirius* et venir ensuite chercher l'appareil...ou, du moins, le démonter !

» Dans cette coquille sont renfermées les solutions des principaux problèmes scientifiques que l'on étudie depuis que le monde est monde !... Si l'on parvient à comprendre ce Mercurien et à s'en faire comprendre, la science humaine aura gagné dix siècles, peut-être ! Pensez que cet *être* connaît la vision à distance à travers l'éther, qu'il peut communiquer avec les planètes, qu'il…

– *Oui, mais s'il meurt, ou que nous mourions, tout cela est perdu !* coupa Densmold.

Un sifflement léger s'entendit.

L'être, qui s'était placé au-dessous de l'ouverture de la sphère, s'éleva lentement, tout droit, comme entraîné par un ballon. Sous lui, les deux hommes crurent distinguer une ombre, *l'ombre d'un cylindre* sur lequel il se serait posé.

L'être, ayant atteint le rebord de l'ouverture, l'escalada maladroitement et disparut au-dehors.

Ses bras se montrèrent par le trou et firent comprendre aux deux hommes de se placer comme il venait de le faire, sous l'ouverture.

Wallens, dont l'esprit était plus vif que celui de son compagnon, devina le premier ce qui lui était demandé.

Il se sentit, immédiatement, soulevé, comme par le plancher d'un ascenseur.

Et, pourtant, ses pieds ne reposaient sur rien de visible.

Ayant escaladé le rebord de l'ouverture, il se mit debout sur la sphère, au côté de *l'être* mystérieux. Densmold le rejoignit peu après.

L'être, aussitôt, indiqua, de sa main étendue, les quatre points cardinaux. Il montra le Soleil, autour duquel sa main décrivit une sorte d'orbite.

Puis, toujours avec des mouvements maladroits, il descendit le long de la sphère et prit pied au fond de l'entonnoir de glace dont il entreprit de gravir la pente.

Les deux savants, se demandant ce qu'il voulait faire, le suivirent sans mot dire.

L'être atteignit la surface du champ de glace et se redressa.

Densmold et Wallens le virent soudain tressaillir et reculer, sous l'empire d'une épouvante terrible.

Deux des chiens faisant partie de l'attelage du traîneau venaient d'apparaître :

– En arrière, sales bêtes ! gronda Densmold.

Trop tard ! Les deux dogues, ensemble, avaient bondi à la gorge de *l'être*. Il referma les mains sur eux.

Un sifflement couvrit les aboiements des chiens, une bouffée de fumée verte jaillit. Et le groupe – *être* et chiens – s'affaissa sur la glace, foudroyé.

Figés, les deux savants regardaient. Ils ne comprenaient plus, ils ne savaient plus...

Les chiens avaient déjà les yeux vitreux. Ils étaient bien morts...Mais *l'être* mystérieux ?

Densmold, le premier, reprit un peu de sang-froid. Il s'approcha du corps inerte de l'extraordinaire individu et lui toucha le bras. Une faible secousse, pareille à celle produite par un courant électrique, le fit tressauter.

Il recula, livide.

L'être ne bougeait toujours pas.

– Mais...*il brûle !* s'écria Wallens, d'une voix rauque.

Il disait vrai. Une buée montait du corps étendu sur la glace.

Les deux savants, qui se sentaient devenir fous, virent le maillot de métal gris se recroqueviller, s'ouvrir, éclater, découvrant une chair rouge et parcheminée ; ils entendirent des crissements : écoutoirs, lunettes, masque fondaient sous l'action d'une chaleur dont le foyer restait invisible. Et, autour du corps, la glace se liquéfiait, formant de petits ruisselets d'eau boueuse qui, à quelques mètres plus loin, se congelaient sous l'action de la rigoureuse température ambiante. Le poil des deux chiens roussissait, mêlant son odeur caractéristique à la senteur âcre et métallique dégagée par le cadavre de *l'être* sans nom.

En moins de quinze minutes, tout fut terminé. Il ne resta plus sur la glace que les corps, à demi rongés par le feu, des deux chiens, et quelques brindilles noircies, semblables à des débris de fer-blanc.

– Je me demande si je ne suis pas fou ! fit gravement Wallens.

– Nous ne sommes pas fous ! affirma Densmold.

» ...Laissons tout cela, nous le deviendrions !

» Nous allons faire le point et revenir à marches forcées vers le *Sirius*.

» Dans une dizaine de jours, nous pouvons y être...

– La boussole ?

– Ah ! oui ! Eh bien ! si nous ne pouvons nous en servir, des boussoles, nous appellerons les hommes à notre aide, par TSF, en leur indiquant notre position !

– Cela vaudra peut-être mieux ! opina Wallens.

Les deux hommes, sans plus parler, se dirigèrent vers le traîneau.

Pendant les heures qui suivirent, ils déblayèrent l'épaisse couche de neige qui le recouvrait.

Tâche ingrate et rude : le froid intense avait durci la neige, qui se laissait difficilement entamer.

Enfin le traîneau fut dégagé.

Les savants atteignirent l'appareil de TSF.

Sans prendre un moment de repos, sans même manger, ils dressèrent l'antenne démontable, faite de tubes de duralumin rentrant les uns dans les autres, qu'ils avaient emportée, et l'assujettirent au moyen de ses haubans.

Il faisait nuit, une nuit blafarde et brumeuse, lorsqu'ils eurent enfin terminé.

Ils firent rapidement chauffer un peu de thé et de pemmican dans la hutte où ils avaient passé la nuit précédente, avalèrent le tout et se remirent à l'ouvrage, à la clarté de leurs petites torches électriques.

Tous les efforts qu'ils venaient d'accomplir étaient vains !

Olaf Densmold reconnut que l'appareil ne fonctionnait plus. Les accumulateurs étaient déchargés. Des accumulateurs garantis, longuement expérimentés avant le départ !

Impossible de lancer le moindre message.

— Rien à faire ! murmura l'astronome, après avoir examiné et réexaminé les accumulateurs. La *chose* a dû provoquer la décharge de nos accumulateurs... Il ne nous reste qu'à regagner le *Sirius* !

Ottar Wallens ne répondit pas. Il regarda son collègue, et tous deux se comprirent. Ils pensaient aux boussoles affolées. Il faudrait se guider sur les étoiles. S'il n'y avait pas de brume, c'était possible, mais difficile. Car, faute de précision dans leurs calculs, les deux hommes risquaient fort d'errer longtemps à travers la banquise avant de rejoindre leur navire. Et leurs provisions n'étaient pas éternelles.

— Nous ferons le point le plus souvent possible ! déclara Densmold. Nous rectifierons notre direction autant de fois qu'il le faudra, mais nous arriverons ! C'est le destin de l'humanité que nous tenons entre nos mains !

— Oui...c'est vrai ! murmura le géologue.

Ils distribuèrent aux chiens une ration de saumon fumé, vérifièrent leurs liens, car seules les deux bêtes qui avaient péri avec *l'être* s'étaient échappées, et rentrèrent dans leur hutte de glace.

Pendant toute la nuit, ils causèrent, ne sentant ni le froid, ni la fatigue ; les merveilleuses possibilités offertes à la science par l'extraordinaire appareil venu du ciel occupaient leur esprit. D'innombrables problèmes biologiques, astronomiques, géologiques allaient être élucidés. Les mathématiques allaient progresser. On connaîtrait ce qu'était l'électricité, ce qu'était la matière, ce qu'était la vie elle-même !...

Et, tant qu'il existerait un homme sur la Terre, et même un être dans les planètes voisines, les noms d'Ottar Wallens et d'Olaf Densmold ne mourraient pas !

Quelle gloire ! Une gloire surhumaine, au-dessus de toutes les autres !

Au jour, les deux hommes avalèrent rapidement un peu de thé et de poudre d'œufs séchés.

Ils sortirent. Le temps restait beau.

Les deux savants, non sans quelque maladresse, réempaquetèrent le matériel de campement. Ils le chargèrent sur le traîneau, auquel ils attelèrent les chiens.

Et en route vers le nord, vers le *Sirius*.

Ils constatèrent rapidement qu'ils n'iraient pas aussi vite qu'ils le croyaient.

Les chiens, diminués de quatre et devinant, d'instinct, l'inexpérience de leurs guides, n'avançaient que lentement, s'arrêtant quand bon leur semblait et ne repartant qu'à leur guise.

Toutes les boussoles restaient affolées, et il fallait se guider sur le soleil.

À midi, Densmold ordonna la halte et fit le point. Il reconnut que le traîneau s'était rapproché du *Sirius* d'environ treize kilomètres. Le bilan d'une demi-étape !

Et plus de quatre cents kilomètres restaient à franchir avant d'atteindre le navire, quatre cents kilomètres en ligne droite, c'est-à-dire plus de six cents en réalité...

– Il faut se rationner ! déclara Wallens.

– Oui.

Les deux hommes mangèrent. Et l'on repartit, toujours aussi lentement...

Douze étapes furent franchies.

Douze étapes, moins de cent kilomètres ! Car, à plusieurs reprises, les explorateurs, enveloppés par la brume, s'égarèrent et revinrent sur leurs pas !

Les boussoles, maintenant, n'étaient plus affolées. *Elles ne fonctionnaient plus du tout*, l'aiguille ayant perdu – pour une cause ignorée – toutes ses propriétés magnétiques.

Mais les vivres pouvaient encore durer deux mois, en se rationnant...

Hélas ! une nuit, tandis que les deux savants, épuisés, dormaient, les chiens, ayant détaché leurs liens mal fixés, firent ripaille. Pemmican, farine, saumon, œufs desséchés, ils gâchèrent ce qu'ils ne dévorèrent pas.

Lorsqu'ils se réveillèrent, Densmold et son compagnon, au premier coup d'œil, virent le désastre. Les chiens s'étaient enfuis. Et, des provisions, il ne restait pour ainsi dire rien.

– *C'est vous qui avez entravé les chiens, hier !* remarqua Densmold en fixant son collègue d'un œil froid.

– Je les avais bien attachés ! Je ne sais ce qui s'est passé ! protesta le géologue, en toute bonne foi...

– Ramassons ce qui peut être sauvé, fit Densmold, sans insister. C'est peu, mais nous n'en saurions porter davantage, et le traîneau est trop lourd pour songer à l'emmener !

Ce qui restait ? De quoi vivre à demi-ration pendant une huitaine, peut-être, et encore !

Sans échanger un mot, les deux hommes recueillirent les débris de toutes sortes épars sur la neige.

L'appétit des grands chiens de l'Alaska est formidable. Les bêtes n'avaient pas laissé grand-chose !

En une heure, tout fut terminé.

Les savants, ployant sous le poids de leur sac de couchage et leurs maigres provisions, se remirent en route sur l'interminable banquise.

Wallens portait le réchaud et la provision d'esprit-de-vin. Densmold s'était chargé du sextant, du chronomètre et des livres nécessaires à la confection du point.

Le temps, heureusement, restait beau.

Six étapes furent franchies.

Les vivres diminuaient avec rapidité. Pour pouvoir marcher, les malheureux devaient manger. Plus de brume. Ils avançaient maintenant dans la bonne direction !

– Plus que cent un kilomètres ! déclara un jour Densmold, après avoir fait le point. La banquise est plate, ici ; nous pouvons faire cela en trois jours...

Oui. Mais c'était à peine s'il restait une livre de pemmican !

Les deux hommes, ce jour-là, avalèrent chacun cinquante grammes de nourriture et, du reste de leur esprit-de-vin, se confectionnèrent une dernière tasse de thé.

Densmold, bien que le plus âgé, avait encore quelque force, mais Wallens semblait réduit aux dernières limites de la faiblesse.

Ils décidèrent de se reposer quelques heures avant de repartir.

Ventre vide, tempes battantes d'anémie, ils s'étendirent côte à côte dans leurs sacs de couchage.

Vers le milieu de la nuit, Wallens, qui ne dormait pas, vit soudain son compagnon se glisser hors de son sac, fourrer dans sa ceinture le petit paquet contenant le reste du pemmican, plier son sac et le fixer sur ses épaules.

Il comprit : Densmold, qui, à plusieurs reprises, lui avait reproché de le retarder, allait l'abandonner, afin d'aller plus vite et de garder pour lui seul les bribes de provisions qui constituaient leur dernière ressource.

– Densmold ! appela-t-il, comme malgré lui.

L'astronome se retourna :

– Ah ? vous êtes réveillé ? dit-il froidement. Eh bien ! oui, je vous laisse ! nous péririons tous deux si je vous attendais, et cela ne servirait à rien ! Je vais essayer, à marches forcées, d'arriver au *Sirius*.

» On ira vous rechercher !...Au revoir !

– Densmold ! Vous ne ferez pas cela ! Vous n'allez pas m'abandonner...

– Je le ferai ! déclara l'astronome, qui s'était arrêté. C'est mon devoir. La science avant tout ! Vous me retardez ! Si je restais avec vous, nous péririons tous deux !...Adieu !

Et il s'éloigna à pas rapides.

Ottar Wallens tâta sa ceinture. Malgré sa faiblesse, il avait conservé un pistolet automatique, pour s'en servir au cas où quelque gibier apparaîtrait. Il l'arma, leva le bras, visa, pressa la détente.

Une détonation, un cri.

Le crâne troué, Olaf Densmold s'affaissa sur la glace, où il ne bougea plus.

...Deux semaines plus tard, exactement, la petite expédition envoyée par le *Sirius*, à la recherche des deux savants qui ne revenaient pas, découvrit, étendu sur la glace, le cadavre de M. Olaf Densmold, avec une balle dans la tête.

Et Ottar Wallens ?

Mourut-il de faim ? de froid ? Fut-il englouti dans quelque crevasse, sous une tempête de neige ? On ne l'a jamais retrouvé.

...Et, quelque part, vers le pôle austral, l'engin sans nom, venu d'on ne sait où, continue, sous l'action de la pesanteur –

mais y est-il soumis ? – à s'enfoncer dans la glace, engloutissant avec lui les secrets que l'homme cherche depuis des milliers de siècles et qu'il connaîtra, quand ?